Burkhard Mohr

Fluch nach vorn

Impressum

Math. Lempertz GmbH
Hauptstr. 354, 53639 Königswinter
Tel.: 02223 / 90 00 36, Fax: 02223 / 90 00 38
info@edition-lempertz.de
www.edition-lempertz.de

Illustrationen: Burkhard Mohr

Druck: Alfred Nordmann
Printed and bound in Israel

ISBN: 978-3-96058-336-3

Burkhard Mohr

Fluch nach vorn

General-Anzeiger
LEMPERTZ

Vorwort

Liebe Leserinnen, liebe Leser,
„Wenn einer bei uns einen guten politischen Witz macht, dann sitzt halb Deutschland auf dem Sofa und nimmt übel." Dieses Zitat klingt sehr frisch, ist aber von Kurt Tucholsky und stammt aus dem Januar 1919. In Zeiten von schwindenden Polkappen, Fridays for Future, Greta Thunberg, der SUV-Debatte, des Dieselstreits und einer aufschäumenden Begeisterung für Verbote höchst angenehmer Verhaltensweisen – natürlich immer nur im Interesse eines höheren Allgemeinwohls – hat es der politische Witz nicht sehr viel leichter als vor 100 Jahren. Vielleicht ist seine Lage sogar noch etwas ernster. Übelnehmer sitzen ja womöglich still auf dem Sofa. Die Gegenwärtigen haben ein Smartphone in der Hand und pesten auf Twitter oder Facebook herum.
Burkhard Mohr kann ein Lied davon singen. Wir leben in ideologischen Zeiten und Ideologen taten sich schon immer schwer mit dem Lachen. Es ist ja kein Zufall, dass es noch kein Buch über den politischen Humor der SED gibt. Die Rettung der Welt wovor auch immer ist eine ernste Angelegenheit. Witze von Weltrettern jeder Farbe und Spielart haben daher ganz grundsätzlich ein erhebliches Entwicklungspotential.
Da ist bei Burkhard Mohr zum Beispiel die Kanzlerin in ihrem roten Kleid mit seinen weißen Punkten. Mutti in ihrer Kittelschürze. Darf man eine Kanzlerin – eine Frau zumal – so darstellen? Christdemokraten, Feministinnen und Menschen ohne Sinn für Ironie und tiefere Bedeutung sehen das kritisch, stören sich aber gleichzeitig selten an Donald Trumps blonder Tolle oder Boris Johnsons wilder Mähne. Wenn es die Richtigen trifft, ist eben alles in Ordnung. Völlig humorbefreit sind auch Reaktionen auf Erdogan oder Putin, ganz gleich, ob die gut oder schlecht wegkommen. Gelacht wird nicht. Und in gar keinem Fall über sich selbst. Der Humor von Diktatoren ist ja ohnehin und schon immer in einem beklagenswerten Zustand.
Dabei bietet eigentlich nur das Lachen einen Ausweg aus der bräsigen politischen Ernsthaftigkeit, die dann gerne Anlass für Pöbelei und Hassrede ist. Wer die vielen Wichtigtuer und Rechthaber erst mal gar nicht ernst nimmt, öffnet nämlich der

Anarchie Tür und Tor. Die wohnt in jedem guten Scherz, in jedem befreiten Lachen, dessen Folgen eben nicht zu steuern sind. Wer lacht, hat etwas verstanden. Das muss alle Mächtigen verstören. Ein guter politischer Witz ist daher wie ein offenes Fenster in einem viel zu stickigen Raum.
Was soll der Zeichner tun? Muss er die humorlose Reaktion immer gleich mitdenken und lieber lieb sein zu den Damen und Herren Politikern? Muss er sich faule Witze über die Potentaten verkneifen, weil deren Anhänger womöglich gleich mit Mord und Totschlag drohen? Burkhard Mohr hat sich auch im zurückliegenden Jahr nicht einschüchtern lassen. Seine gezeichneten Pointen sind so bissig und treffsicher, wie seine Fans sie schätzen. Wir alle brauchen die frische Luft, die er in unsere politische Gegenwart bläst, dringender denn je. Hier ist seine gezeichnete Bilanz der jüngsten Zeitgeschichte, die uns hilft, das Ernste nicht allzu ernst zu nehmen. Damit die Gedanken sich auch in Zukunft frei bewegen können, ein wenig anarchisch eben. Wir brauchen die Karikaturisten viel notwendiger als vor einem oder vor zwei Jahren. Wir dürfen den Übelnehmern nicht das Feld überlassen. Herr Mohr, übernehmen Sie!

Dr. Helge Matthiesen
Chefredakteur General-Anzeiger Bonn

Fernbeziehung

Die EU veröffentlicht eine schwarze Liste mit den 17 größten Steueroasen der Welt.
(November 2017)

Vorläufige Bilanz

Vor einem Jahr ist Donald Trump als neuer US-Präsident ins Weiße Haus eingezogen.
(8. November 2017)

FDP-Chef Lindner verkündet das Ende der „Jamaika"-Sondierungsgespräche, die im Rahmen der Regierungsbildung nach der Bundestagswahl stattgefunden haben. (November 2017)

Wracking

SPD-Chef Schulz ist noch nicht mit an Bord der großen Koalition.
(Dezember 2017)

Eilantrag

SPD-Chef Schulz hadert mit der Verantwortung, in eine neu aufgelegte große Koalition einzutreten. (Dezember 2017)

Standort Deutschland

SPD-Chef Schulz ist noch immer nicht bereit für eine Neuauflage der Großen Koalition (GROKO).
(Dezember 2017)

Erdbeben

US-Präsident Trump setzt sich für Jerusalem als Hauptstadt Israels ein.
(Dezember 2017)

Befeuerung

Im Iran wächst die Angst der Mullahs vor den Oppositionellen und den Reformern.
(Januar 2018)

Gutes Zeichen?

In der CDU wird immer häufiger die Frage gestellt, wer auf Angela Merkel folgen könnte.
(Dezember 2017)

Sisyphos im Winter

In Davos tagt das World Economic Forum (WEF).
(Januar 2018)

Rattlose Volksparteien

Die Volksparteien leiden unter anhaltendem Mitgliederschwund.
(Januar 2018)

Parlamentarische Regelung

Die Frage des Familiennachzugs erhitzt die Gemüter. Noch lehnt das Bundesverfassungsgericht den Antrag auf einstweilige Aufhebung der Aussetzung des Nachzugsrechts ab. (Februar 2018)

Zusammenzwang

Die EU-Staats- und Regierungschefs kommen in Brüssel zu einem informellen Gipfeltreffen zusammen. Großbritannien ist nicht dabei. (Februar 2018)

Gefragte Fahrkraft von der Saar

Kanzlerin Merkel schlägt die saarländische Ministerpräsidentin Annegret Kramp-Karrenbauer als neue CDU-Generalsekretärin vor. (Februar 2018)

Schutzbündnis

Die SPD fällt in den Umfragen der Meinungsforschungsinstitute auf 16 Prozent und liegt damit nur noch knapp vor der AfD. (Februar 2018)

Mobilitätsproblem

In Brüssel findet das EU-Gipfeltreffen statt.
(März 2018)

Wo die Dieselwelt noch in Ordnung ist...

Der Europäische Gerichtshof (EuGH) äußert sich zur aktuellen Debatte über Luftschadstoffe und Grenzwerte. Es wird eine wissenschaftliche und juristische Einordnung versucht. (Februar 2018)

Faustregel

US-Präsident Trump droht der EU mit Strafzöllen auf Stahl und Aluminium.
(März 2018)

Solo Putin

Russlands Präsident Putin wird mit 76,7 Prozent der Wählerstimmen im Amt bestätigt und erzielt damit das beste Ergebnis seiner Karriere. (März 2018)

Das Geschäftsmodell

Die Facebook-Daten von 87 Millionen Nutzern sind von einer britischen Analysefirma abgegriffen und ausgewertet worden. Mark Zuckerberg versucht den Skandal kleinzureden. (März 2018)

Der frühere katalanische Regionalpräsident Puigdemont wird in Deutschland festgenommen. Gegen ihn liegt ein europäischer Haftbefehl vor. Der spanische Ministerpräsident Rajoy verlangt seine Auslieferung. (März 2018)

Realität von morgen?

Die Partei „Die Linke“ plant, das „Bedingungslose Grundeinkommen“ (BGE) in ihr Wahlprogramm aufzunehmen. (März 2018)

Der Fremde im Osten

Ungarns Präsident Orbán geht in der Migrationspolitik auf Abstand zu Kanzlerin Merkel.
(April 2018)

Auf dem SPD-Sonderparteitag in Wiesbaden wird Andrea Nahles mit 66,3 Prozent der Deligiertenstimmen zur neuen Parteichefin gewählt. (April 2018)

Eignungsprüfung

Auch bei Porsche wurden die Abgaswerte manipuliert.
(April 2018)

Anfahrt

Der sogenannte „Digital-Atlas“ des Instituts der deutschen Wirtschaft zeigt erheblichen Nachholbedarf bei der Digitalisierung (4.0) in deutschen Unternehmen. (April 2018)

Der Bundestag beschließt eine Erhöhung der Renten.
(April 2018)

Höher schaukeln

In Syrien sind die Streitkräfte der USA und Russlands so nah an einer militärischen Kollision wie nie zuvor.
(April 2018)

Nach Frankreichs Präsident Macron reist nun auch Kanzlerin Merkel zu einem Treffen mit Präsident Trump in die USA. (April 2018)

Happy Birthday to You!

200. Geburtstag von Karl Marx. Was ist von seinen Ideen geblieben?
(Mai 2018)

Bewegender Moment

Der „Tag der Arbeit" ist für viele Arbeitnehmer ein Tag der Arbeit.
(Mai 2018)

Russlands Präsident Putin startet in seine vierte Amtszeit.
(Mai 2018)

Die Nahost-Politik von US-Präsident Trump erhitzt die Gemüter in Nahost.
(Mai 2018)

Neue Richtung

Der Anti-Sparkurs von Italiens Innenminister Salvini erzeugt Nervosität in Brüssel.
(Mai 2018)

Brückenschäden

Die von den USA gegen Iran verhängten Sanktionen betreffen auch die europäischen Exporte.
Die EU versucht zu vermitteln. (Mai 2018)

Zwei-Stufen-Plan

Die neue Europäische Datenschutz-Grundverordnung (DSGVO) tritt in Kraft.
Die deutschen Unternehmen und Verbände fühlen sich von den Anforderungen überrollt. (Mai 2018)

Festungsarchitektur

Die Flüchtlingsströme über die Balkanroute und das Mittelmeer reißen nicht ab.
(Juni 2018)

Teamwork

In der Migrationspolitik und bei der Verteilung der Flüchtlinge gibt es zwischen den 28 EU-Mitgliedstaaten keine Einigung. (Juni 2018)

(F)rostige Begegnung

Kanzlerin Merkel reist zu schwierigen Gesprächen nach Ungarn. Präsident Orbán verweigert nach wie vor die Aufnahme von Flüchtlingen. (Juli 2018)

Schwebe-Britannien

Die Brexit-Diskussion dreht sich im Kreis.
(Juli 2018)

Trump und Putin treffen sich in Helsinki, während Sonderermittler Mueller in den USA untersucht, inwieweit Trumps Präsidentschaftswahlkampf von Russland manipuliert wurde. (Juli 2018)

Blick zurück

Vizekanzler Scholz fordert eine Rentengarantie über 2025 hinaus.
(August 2018)

Zivilisationskrankheit

Spezialisten aus Deutschland, Österreich und der Schweiz beraten beim Ernährungskongress in Kassel über die Volkskrankheit Adipositas. (Juli 2018)

Kurssturz

Die türkische Lira hat seit Jahresbeginn um mehr als 40 Prozent zum US-Dollar verloren. (August 2018)

Berliner Empfehlung

Der türkische Staatspräsident Erdogan wird in Berlin empfangen.
(September 2018)

Auf hoher See

Plastikmüll treibt in Form von riesigen Inseln auf den Weltmeeren.
(August 2018)

Hitze, Dürre und Unwetter: Der Weltklimarat schlägt Alarm.
Die Erde erwärmt sich schneller als bereits befürchtet. (Oktober 2018)

Der Spalter

Die Rhetorik des amerikanischen Präsidenten, der auf diplomatische Formulierungen keinerlei Wert legt, schockiert die Welt immer wieder aufs Neue. (Oktober 2018)

Fallstudie

CSU-Vorsitzender Seehofer legt sein Amt nieder. Er bleibt jedoch Bundesinnenminister.
(November 2018)

Alles klar?

Kanzlerin Merkel spricht vor dem EU-Parlament in Straßburg.
(November 2018)

Neuer Belastungstest

Russlands Präsident Putin verstärkt seine militärische Präsenz auf der annektierten Krim und in der Ost-Ukraine. (November 2018)

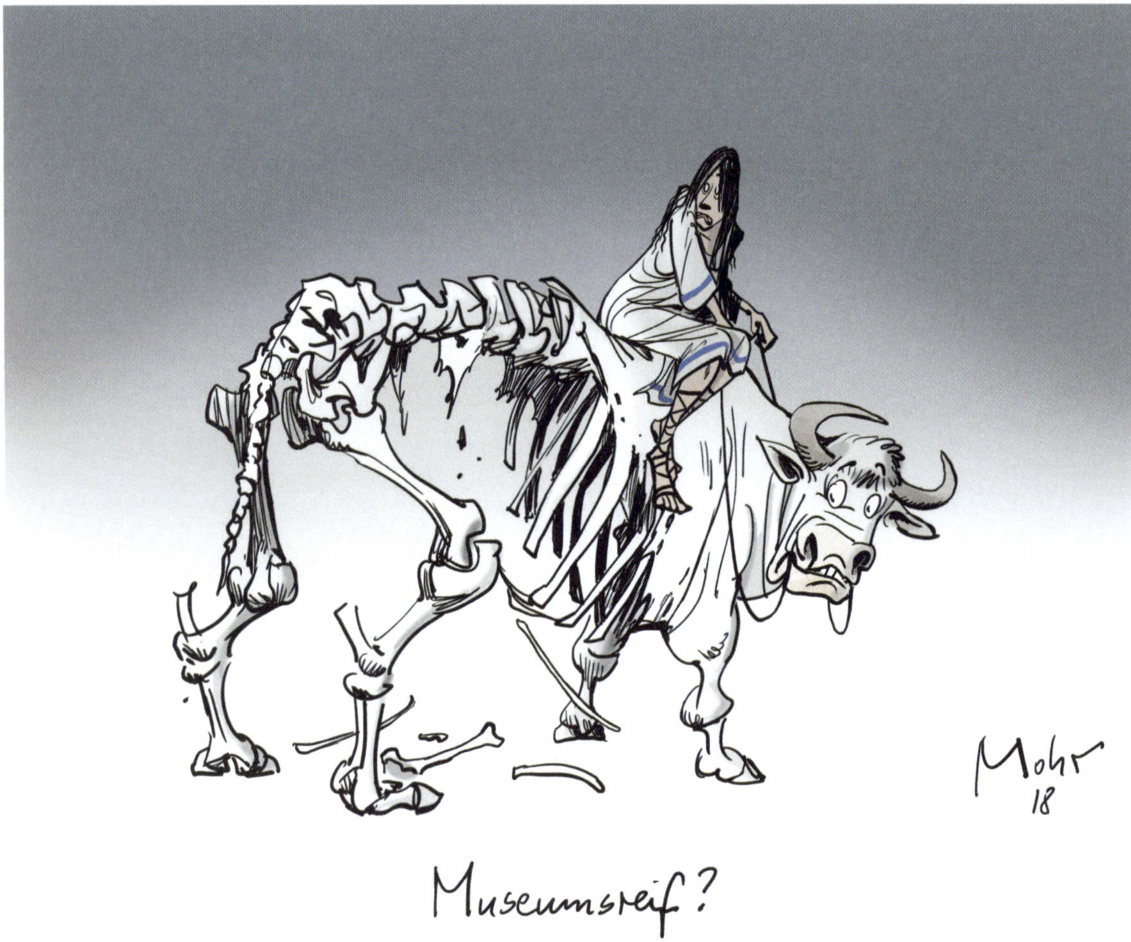

Der Europäische Rat tagt zu Fragen der Migration, des Binnenmarkts, der Sicherheit, der Verteidigung und des Klimawandels. (Dezember 2018)

Die britische Premierministerin May übersteht ein Misstrauensvotum im Parlament. Ihr Rivale Boris Johnson drängt auf Nachverhandlungen mit der EU in der Brexit-Frage. (Dezember 2018)

Help yourself!

Es wird immer deutlicher, dass die EU in Fragen der Verteidigungs- und Sicherheitspolitik mehr Verantwortung übernehmen muss, seit US-Präsident Trump mit seiner „America first"-Politik am Ruder ist. (Dezember 2018)

Luftverkehr

EU-Kommissionspräsident Juncker erklärt sich bereit, die britische Premierministerin May beim Brexit zu unterstützen. Voraussetzung: Das britische Parlament muss sich in dieser Frage einig zeigen. (Januar 2019)

Finanzminister Scholz zeigt sich bereit, die Nachfolge von SPD-Chefin Nahles anzutreten. (Januar 2019)

Aktuelle Störenfriede

In den deutschen Medien dominieren seit Monaten die zwei Themen Abgas-Skandal und Brexit.
(Januar 2019)

Achtung, Einsturzgefahr!

US-Präsident Trump droht damit, den INF-Vertrag über nukleare Mittelstreckensysteme mit Russland aufzukündigen. (Februar 2019)

Maduros Spur

In Venezuela gibt es landesweite Proteste gegen den diktatorisch regierenden Staatschef Maduro.
(Februar 2019)

Bedrohte Tierart

SPD im Dauertief und CDU im Dauerstreit. Entsprechend gering scheint die Lust am Regieren zu sein.
(Februar 2019)

Ladgas Ost

US-Präsident Trump wirft Deutschland vor, die neue Erdgas-Pipeline „Nordstream II“ mache das Land zum Gefangenen Russlands. Das Geschäft wurde vom damaligen Bundeskanzler Gerhard Schröder eingefädelt. (Februar 2019)

Fortschritt

Die Münchner Sicherheitskonferenz zeigt es: Kriege der Zukunft werden von der künstlichen Intelligenz (KI) gesteuert. (Februar 2019)

US-Präsident Trump und Nordkoreas Staatschef Kim wollen sich treffen.
(März 2019)

Einblick

Der Vatikan konferiert über den Kindesmissbrauch in der katholischen Kirche.
(Februar 2019)

Welcome, Heimkehrer!

Im Bundestag wird über die Rückkehr syrischer und irakischer IS-Kämpfer mit deutscher Staatsbürgerschaft und deren Angehöriger nach Deutschland debattiert. (März 2019)

Die 16-jährige Klima-Aktivistin Greta Thunberg aus Schweden protestiert in Deutschland mit tausenden Jugendlichen für eine verantwortungsvollere Umweltpolitik. (März 2019)

Brexit-Schuhwerk

Vor dem Sondergipfel der EU zum Brexit sucht die britische Premierministerin May nach einem Plan B für das Austrittsabkommen. (März 2019)

Mohr 19

Kundschaft

Die Volksrepublik China verfolgt rigide Wirtschaftsinteressen auch auf dem europäischen Markt.
Die EU ist ihr zweitgrößter Handelspartner.
(März 2019)

Fluchtbewegung

Die Klagen in den USA gegen die Bayer-Tochter Monsanto wegen des vermeintlich krebserregenden Herbizids Glyphosat beunruhigen den deutschen Mutterkonzern. Es besteht die Gefahr eines finanziellen Desasters.
(März 2019)

Wachstumsprognose für das Jahr 2019: Wirtschaftsminister Altmaier äußert sich verhalten optimistisch.
(April 2019)

Schöner wohnen

Justizministerin Barley will Luxussanierungen per Gesetz drosseln.
(April 2019)

Der Druck im System

Wie jedes Jahr: Oster-Kommerz! (April 2019)

Bindemittel

Die „neue Seidenstraße“ ist Chinas geopolitisches Megaprojekt.
(April 2019)

Die Arche

Die Vereinten Nationen veröffentlichen einen alarmierenden Bericht zum Artensterben.
(Mai 2019)

Spiel mit dem Feuer

US-Präsident Trump erwägt Luftangriffe auf den Iran. Die Krise zwischen beiden Ländern spitzt sich zu, seit Washington das internationale Atomabkommen mit dem Iran aufgekündigt hat. (Mai 2019)

Arbeiterpartei

Die SPD-Führungskrise sorgt für Unruhe in der Großen Koalition.
(Juni 2019)

Kofferpacken in London

Premierministerin May tritt zurück.
(Juni 2019)

Immer der Reihe nach!

Wer soll die CDU in den nächsten Wahlkampf führen? Es lauern NRW-Ministerpräsident Armin Laschet und Ex-Kanzlerkandidat Friedrich Merz. (Juni 2019)

Tankstelle

Die Grünen profitieren in den Umfragen von den alarmierenden Nachrichten zum Klimawandel.
(Juni 2019)

Mitsotakis' Leitkultur

In Griechenland wird Kyriakos Mitsotakis von der konservativen Partei „Nea Dimokratia“ als neuer Ministerpräsident vereidigt. (Juli 2019)

Bild im Umlauf

Die EU hat noch immer kein Konzept für die Regulierung der anhaltenden Migrationsströme.
(Juli 2019)

Urlaubsauftakt

Mit dem Beginn der Sommerferien staut es sich wie in jedem Jahr auf den deutschen Autobahnen.
(Juli 2019)

Beim Farbenhändler

Das EU-Parlament stimmt über die Nominierung von Ursula von der Leyen zur Kommissionspräsidentin ab. Als neue Verteidigungsministerin steht CDU-Chefin Kramp-Karrenbauer bereit. (Juli 2019)

Schaffst du!

Das „Klimakabinett" der Bundesregierung trifft sich zu seiner dritten Sitzung.
(Juli 2019)

Die Pflicht ruft

Die neue Verteidigungsministerin Kramp-Karrenbauer will den deutschen NATO-Verpflichtungen gerecht werden. (Juli 2019)

Sozialgutachten

Die hohen Mieten und Eigenbedarfskündigungen in den Städten treiben immer mehr Menschen in die Obdachlosigkeit. (Juli 2019)

Greenpeace fordert von Wirtschaftsminister Altmaier, sich stärker für die Energiewende einzusetzen.
(August 2019)

Marketing-Tour

Der britische Premierminister Johnson, der auf Theresa May gefolgt ist, reist durch die Provinzen des Landes, um für einen Brexit ohne ein Abkommen mit der EU zu werben. Dabei stößt er überall auf Widerstände. (August 2019)

letzte Ehre

Der Rückzug der USA aus dem INF-Vertrag (Verbot nuklearer Mittelstreckenraketen) schürt die Angst vor einem neuen Atomkrieg. (August 2019)

Empörung auf der Haben-Seite

Wie in jedem Jahr führen SPD, Grüne und Linke auch 2019 eine Debatte über eine höhere Besteuerung der Reichen. (August 2019)

Zumutbar?

Sonderbericht des Weltklimarats: Der steigende Billigfleisch-Konsum weltweit schadet dem Klima, der Umwelt und der Gesundheit. (August 2019)

Wo der Spaß aufhört

Lega-Chef Salvini lässt in Italien das Bündnis mit Regierungschef Conte von der Fünf-Sterne-Bewegung platzen. (August 2019)

Besuch aus Athen

Der neue griechische Ministerpräsident Mitsotakis kommt zu einem Kurzbesuch nach Berlin.
(August 2019)

Brasiliens Mann fürs Grobe

Brasiliens Präsident Bolsonaro gerät angesichts der unkontrollierten Brandrodungen im Amazonas-Gebiet zunehmend unter internationalen Druck. (August 2019)

Umweltministerin Svenja Schulze bereitet ein Verbot von Plastiktüten im Handel vor.
(August 2019)

Boris von Münchhausen

Der britische Premierminister Johnson schickt das Parlament in eine Zwangspause, um seine Brexit-Pläne kurzfristig verwirklichen zu können. (August 2019)

In der Findungsphase

Die SPD sucht nach einer neuen Führungsfigur. Niemand ist so recht bereit, das Erbe von Andrea Nahles anzutreten. (September 2019)

Wackelkandidat

Im Vorfeld der Landtagswahlen in Sachsen und Brandenburg müssen die Volksparteien das Erstarken der AfD fürchten.
(September 2019)

Landtagswahlen in Sachsen und Brandenburg: Die Volksparteien müssen Federn lassen und die AfD legt zu.
(September 2019)

Größenwahn

Der englische Premierminister handelt immer eigenmächtiger bei der Umsetzung seiner politischen Vorstellungen. (September 2019)

Vom guten Ton

Auf ihrer China-Reise vermeidet es Kanzlerin Merkel, die Pekinger Führung für ihre Hongkong-Politik zu kritisieren. (September 2019)

Die Bundesregierung will Plastiktüten ab 2020 verbieten.
(September 2019)

Festhalten!

Finanzminister Scholz rühmt den schuldenfreien Haushalt 2020 (die „Schwarze Null").
(September 2019)

Spiel, Spaß, Spannung

Nach dem Rücktritt der Arbeitsministerin wird in Großbritannien über eine weitere Erosion des Kabinetts von Premier Johnson spekuliert. (September 2019)

Mal austreten…

Die parlamentarische Zwangspause in Großbritannien hat ein juristisches Nachspiel zur Folge. (September 2019)

Kraftakt

Die Parteien streiten über die sogenannten Klimaziele und die dafür erforderlichen Mittel. Kann „Klimakanzlerin" Merkel ihrem einstigen Image noch gerecht werden? (September 2019)

Die neue Dimension

Auf der Internationalen Automobilausstellung (IAA) in Frankfurt präsentieren die Autobauer auch ihre neuen SUVs, die wegen ihres hohen Spritverbrauchs und des entsprechend hohen Schadstoffausstoßes in der Kritik stehen. (September 2019)

Ladestation

Auf der IAA in Frankfurt steht das E-Auto im Fokus des öffentlichen Interesses. (September 2019)

Alle Register

Die Bundesregierung erörtert diverse Maßnahmen zur Verringerung der CO_2-Emissionen.
(September 2019)

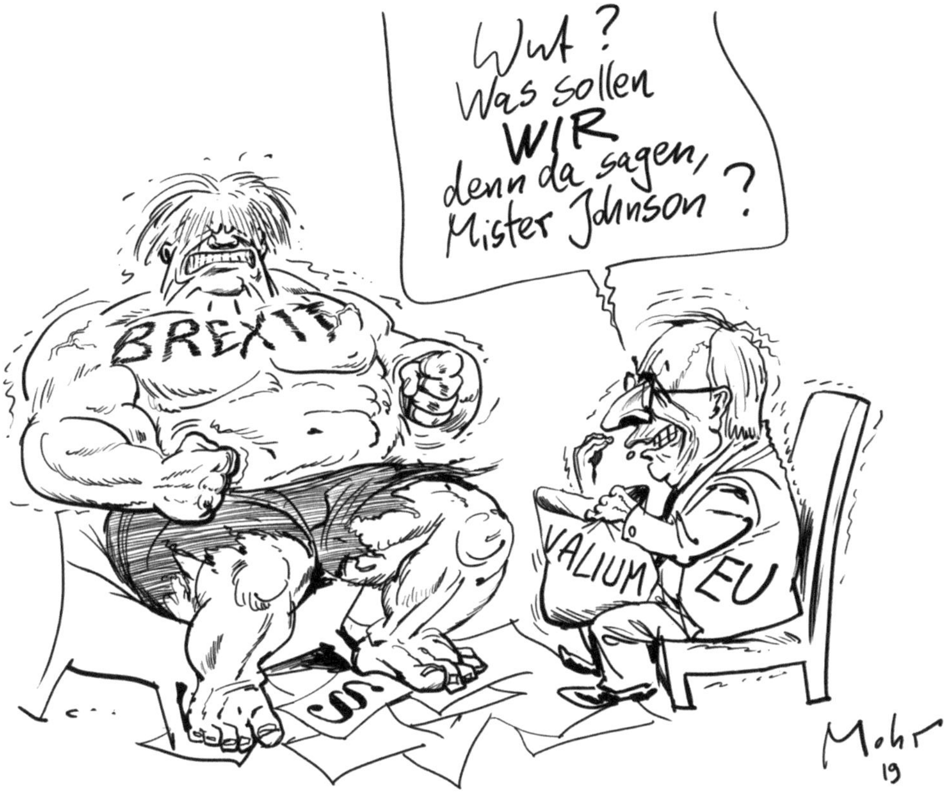

Hulk dreht noch mal auf

Der britische Premierminister Johnson trifft in Brüssel EU-Kommissionspräsident Juncker. Das Gespräch verläuft ergebnislos. Johnson vergleicht sich und sein Land mit der Comic-Wut-Figur „Hulk“. (September 2019)

Rolle vorwärts

In Österreich ist die ÖVP mit Sebastian Kurz klarer Gewinner der Nationalratswahl. Zum Regieren fehlt Kurz allerdings noch ein starker Koalitionspartner. Die „Grünen" werden für diese Rolle in Erwägung gezogen. (September 2019)

Spiel an der Grenze

Im Zuge der Klimadebatte stellt sich die Frage, ob unsere auf stetes Wachstum ausgelegte Wirtschaftsideologie zukunftsfähig ist. (September 2019)

Der Meeresspiegel steigt

Der UN-Klimabericht zeigt, dass die globale Erwärmung den Meeresspiegel noch schneller ansteigen lässt als bereits befürchtet. (September 2019)

Die Kindertagesstätten (Kitas) klagen genauso wie die Schulen über den gravierenden Mangel an Fachkräften. (September 2019)

Happy birthday!

Die Volksrepublik China feiert mit Staatschef Xi Jinping ihr 70-jähriges Gründungsjubiläum.
(Oktober 2019)

Wir arbeiten dran!

Deutschland feiert den 29. Jahrestag des Einigungsvertrags und den 30. Jahrestag des Mauerfalls. (Oktober 2019)

Einfall Erdogans

Der türkische Präsident startet eine Militäroffensive in Nord-Syrien, nachdem sich die USA mit ihren Truppen als Schutzmacht zurückgezogen haben. (Oktober 2019)

Gut Ding will Weile haben.

Die EU und der britische Premierminister Johnson ringen weiterhin um eine Lösung im Brexit-Streit, während das offizielle Austrittsdatum zum Ende des Monats näher rückt. (Oktober 2019)

Haushaltung (Eisen geschmiedet, 75 cm)
Deutscher Bundestag, Berlin, 1997

Neben der Arbeit am Zeichentisch zieht es Burkhard Mohr auch immer wieder in seine Schmiede. Dort entstehen dreidimensionale Kunstwerke in Eisen.

Burkhard Mohr

Jahrgang 1959, lebt und arbeitet in Königswinter bei Bonn.
Als Karikaturist zeichnet Mohr für viele namhafte deutsche Zeitungen, u. a. für die Süddeutsche Zeitung, das Handelsblatt, die Stuttgarter Zeitung, den General-Anzeiger, die Neue Osnabrücker Zeitung, das Hamburger Abendblatt u. v. m.

Mohr erhielt für seine Arbeiten viele namhafte Auszeichnungen, darunter den Europäischen Karikaturenpreis, den Karikaturenpreis der deutschen Zeitungen (BDVZ) und den Thomas-Nast-Preis.

Weitere Karikaturen von Burkhard Mohr:

„Die Zeichnungen sind bis ins sarkastische Detail liebevoll inszeniert, manchmal sogar prophetisch: In das Kostüm der schwäbischen Hausfrau hat Mohr die Kanzlerin schon gesteckt, bevor sie auf den Gedanken kam. Dabei bedient er sich einer Vielzahl von Wortspielen und Analogien. Besonders gern hat er die Situationskomik. Seine Karikaturen sind seriös, kein bisschen clownesk.“

Frankfurter Allgemeine Zeitung

Burkhard Mohr,
Highlights im Dunkeln – Karikaturen,
Softcover, Format: 19,5 x 22 cm, 128 Seiten,
ISBN 978-3-945152-19-5

Burkhard Mohr,
Wahnmache Mahnwache
Softcover, Format: 19,5 x 22 cm, 128 Seiten,
ISBN 978-3-96058-993-8